花 行

高橋睦郎句集

句集　花行

けぎやう

一九五二～二〇〇〇　二四〇句

序

松のことは松にならへ
竹のことは竹にならへ
といへりされればわれは
花のこと花にならはん幹敲き

李咲く山家の眞晝はねつるべ

湖ぞひの徑ほそぼそと落椿

侘助や溲瓶を捨てにゆくところ

連翹の影おほゆれて魚は消《け》ぬ

暮れかぬる谿間の村や白躑躅

秋艸の吹かるるひかりありにけり

菊枯れて鳥屋へ四五歩の歩みかな

枯草になほ菊まじる夜の雨

撫肩は父譲りなる花八手

藺玉の枝垂るるを冬の花とせん
むめさくやいづこのおよねたんじらう
ちちの實とならず卯の花腐しかな

棹さ さんあやめのはての忘れ川

弦《ル》打つや百の辛夷の百ゆらぐ

葉となりし櫻を愛づる荒《サ》びかな

ひともとはくれなゐさせるみづきかな

娑羅の樹に婆娑羅花咲く愁ひかな

花蓼のそこまで寄せる秋の潮

鎌倉巨福呂坂圓應寺

木犀の敷くや閻羅の岸までも

阿波より海苔贈りたまひける人に

風花の鳴門に萌えし海苔ならん

又一つ野をうしなへる眞葛かな

書陵部へまづ紅梅の案内かな

山茱萸の花序むつかしきひかりかな

花櫨子《しどみ》すがるの縞の憚らぬ

柿の花降る紺の緒緊《ッ》く穿てば歟《か》

蕺菜《どくだみ》の香に佇つわが無明燈

木槿《きはちす》や伊豫屋といひし家のすゑ
豊後日田

花のなき床には飾れ炭二三

まなじりに朱《ヶ》あつめたり櫻守

葉櫻を入れて荒みてまなこかな

山梔子のくたるるもなほ奢りかな

家持の國《こ》府《ふ》の苔咲く精ハしさよ

中ぞらや首熱き日の白木槿

夕風や百日木槿開き閉ぢ

悼　観世壽夫

瞑ムるやまなかひの花十ヲ餘り

おどろけば花の木なりしシテ柱

櫻より高く驛ある日和下駄

暮れかぬる花の塵より鯉の口

婆娑羅の花匠川瀬敏郎に
風も婆娑羅なる日を花の遊びかな

花菖蒲にはかにふゆる脳の皺

上七軒

梅若き夜を遊びけり袴着て

盛れるも崩るるも長谷の夕牡丹

鶫の祭明日と口能登風花す

椿見に來よてふ能登は山深き

大壺に立てて椿は山のもの

野ノ市に椿市立つ霞かな

花冷に見つ緑蔭の子供の繪

松任中川一政美術館

加賀びとの花に遊ぶや傘さして

うち仰ぎ石川門は花やぐら
飛花格子を冒し東の廓とや
花散るや加賀萬歳に人まばら

すみれ野に靴投げ遣りつ靴下も

日は眞晝すみれ野薄く薄くなる

たんと飛びぽぽぽと浮み春惜む

棲《すみつ》くや名のあたたかき櫻山

悼　初世尾上辰之助

咲きかけて俄に寒き昨日今日

しづごころなき幾日や花籠り

美濃根尾村薄墨櫻　二句

顧眄《まさかり》に見る花淡し空の中

花見しこと夢やその木を後にせば

三春　三句

くれなゐに繁吹いて落ちず花の瀧

名《イ》櫻《ウ》を見し目にのどか墓櫻

死ぬることのどかや墓の花の晝

出羽久保櫻　二句

おぼおぼと花つけ田村麿手植

里の人みな花守や花筵

この星を割つて咲いたる花ばかり

盛岡石割櫻　遮莫

甲斐神代櫻

往きて還らぬ青に翳ザしぬ老の花

花の木に花遊ぶなり野も山も
花吹雪そののちは蘂嵐とも
神は人櫻は蘂となりにけり

君來《タ》らずいつしかも葉の櫻山
蔓の先てつせんは遠き空の花
空深く二の腕を入れてつせんを

花曇孕雀も重くなり

繽紛のゆくへ微塵に空の沖

由布院亀の井別荘

にぎやかにさみしき花ぞ三椏は

花追うて三日浮世の外ヵ右衛門

高遠は花の上行く櫻びと

あめつちに櫻の満つるうつろかな

掌に載せてもの冷たさよ藤の房

藤房の影もむらさきさ揺れつつ

藤房が吐く晴嵐かわれを打つ

少年のいつか壯コや菊膾

一樹卽一天を得つ山法師

北の丸舊近衛聯隊

もののふの近衛は櫻さくらかな

花ちるや畫を昂る潟の潮

落花一ト日地を奔る日を酒肴

吉野サクラ花壇

露伴忌や露けきを折る草の花

浄白をきはめて蓮や莖の上
零れては道浄めせり萩のちり
篝さし黄泉の櫻といふべかり

花名残盡さんと一ト夜白むまで

花冷やきほひて白き利根の波

雲中の如しよ夢に牡丹剪る

牡《ウ》丹に魂《ン》もしあらば白からん

牡丹の靄霽るるや大唐長安市

梅雨寒しこは木蓮のやや二つ

優曇華をつばらに見せつ稲光

信濃追分

夕顔の白きより暮れ暮残る

曼珠沙華いくつ浮びぬ霧の音

誰が袖に墨染もあれ夜の梅

辛夷散るやきのふの空ぞ新しき

天霧ひ目にこそ見えね杉の花

やすらへやわきて群飛ぶ杉の花

やすらへと鉦鼓打つなり花の寺

かほよ鳥こもりにけりな花の山

をちこちと名乗りそめたり櫻山

水際より咲きのぼるなり崖櫻

誰彼の亡くてまぶしき櫻かな

満開の空おとろひぬ晴れながら

古鯉の背《り》紅し散るさくら

花屑を浮きぬ潜きぬ残り鴨

花過の嬾婧やまして大枝垂

頬杖や遠見の蓮のいまひらく

修善寺淺羽樓淺羽愛子さんに

つゆくさや水の匂へる方暗く

立てながら夏を花咲く旅枕

魯山人掛花入タビマクラ

白に感《め》でて桔《チ》梗買ひぬ鉢ながら

鹿ケ谷法念院

朝朝の散華露けき頃すでに

茶の湯入門の冬に

香に匂ひ茶の花と知る雑木中

目を寄する茶の花蘂や金の房

雲胎に雪《キ》華《ナ》育ちつつあらん

雪華の六稜満つる空と思へ
出で入るや心も空の櫻色
今ばかり異ト世と思ふ櫻空

あくがれて吾も櫻も陽炎ひぬ

生れ生れ死に死んで眺むる櫻かな

山ン中の櫻あらあらし靄奔り

翼ある異形や花を出つ入りつ

地に咲いて天のものなる櫻かな

あめよりもつちのかろらや花七日

晴れながら花散る空やふと暗む
散る花に吠えやまず犬眞黑な
花流れ花流れ空微醺せる

花屑のかかりて酔ひぬ蜘蛛の闈も

花屑にまみれ魚身やまた僣《ヅ》く

花の屑巻込む鯉のうねりかな

飛花落花五線に止めよ惜春譜

花散れば人死ねば花鎮めかな

花名残衣名残や衣桁して

殘花餘花尋ねん地圖や旅鞄

志す殘んの花をみちのおく

津輕海峽

櫻前線荒海のいまどのあたり

櫻蘂踏めば歩めば降りつぎぬ

櫻蘂打つ窗鎖して住むや誰

蘂狩や葉櫻狩や旅を來て

葉櫻に額青むまで愁ひびと

花過の愁ひを蕎麥に切込んで

花筵すでに遠景春暑し

花終へし寧けさは地に深木蔭

小町の花西行の花飛んで迅し

花幾日夢の昔と思はなん

手鏡の奥小暗しよ著莪の花

紫陽花を分ケ來し霧か仄淺葱

色變へて一ト谷紫陽花嵐かな

煩悩の香に花咲くや栗老木

葉の腋に腋にと栗の花腋臭

夏萩に雨明るしや小半日

草に殖ゆ實なき南瓜の花ばかり

散華とは晝を辛夷の天降り來る

あをぞらを零れ零るる辛夷かな

天上大風花撓ふなり悉く
こゑなくて晝の櫻のよくさわぐ
藥冷といふべし醇《こざけ》熱うせよ

友枝昭世道成寺

ちるさくら血と紛ふ沾舞澄むや

手庇や山藤けぶる幾峠

鬖鬡と白襲ねたり大牡丹

遠州作竹花入深山木

竹に咲く深山木の花何何ぞ

夕白く咲きほぐれけり烏瓜

百合活けて山氣立つなり紅塵裡

後鳥羽院火葬塚

波寄るや百合搖れ搖るる小止みなし

川上弘美溺レる

秋草野又の名花野溺れんか

閒閒田家長女花野

閒閒田あり閒閒花野あり深空あり

鶴岡八幡寒牡丹　二句

薦を被て雪を被て牡丹火のやうな

ふる雪に白紛れずよ白ク牡丹

梅白みやがて白みぬ谷戸の空

梅が香や硬しと思ふ鼻の先

聾ひし天の樂とも枝の梅

紅梅や入海深くここまでも

鎌倉

香を尋ね幾谷戸來しか梅暮るる

悼　保田シルヴィア夫人

猫柳しろがねうるむ日なりけり

二子玉川園　三句

老《ウ》幹《ン》を血の溯るさくらかな

深御空得て早咲きの一枝あり

初花を古青空の贄としぬ

山田みづえさんに

櫻史を着普のあひや短か旅

きのふけふ鳥入る雲の櫻色
うち曇り朝朝海のさくらいろ
學校のさくら咲きけり魁けて

花冷や代代木深きに能舞臺

嵐山　三句

花ふらす嵐も見たし水の上

花見舟舳上《ボ》りつ下りつ棹

花見舟櫓漕ぎ楫《かん》取《ど》り棹差して

落柿舎　二句

曙や雑魚寝にまじる花の屑

花に思へ元祿若き大駻

祇園藤右衛門櫻　二句

あふのくに群集《くんじゅ》せたり大枝垂

雲間より大房垂るる櫻かな

山國常照皇寺御車返

うつろより枝垂れうつろを深くしぬ

門跡寺深く藏せるさくらかな

風の日の花こそよけれ空も狹に

葉といへど花の香のして櫻餅

元の木も盛りの頃かさくら餅

長谷寺　七句

花の雲幾重が上の慈眼かな

花に痴るる鳥かも晝を鳴止まず

花屑に轉《まろ》び彈みて囀れり

花散るや長谷の石段長き日を

日に泛び谷渡りゆくいくひらぞ

花吹雪花颿《つむじ》さへ遅き日を

花の山離れんとして月大き

大宇陀又兵衛櫻

武者振の櫻といはん咲きしだり

談山神社禰宣淺川氏に

談ラはん山の櫻の遅速をば

吉野山　四句

夜半の雨ゆたかに花を散らしけり

青ざめて花濡れそぼつ夜のはたた

幾はたた花青ざめて落ちにけん

雨の湯に花人やけさ憂ひびと

奥千本西行庵址

身に添はぬ心や空に咲きつげる

行《ぎやう》の中に花《け》行あれかし山分けて

花に添へ花行のおん名たてまつれ

大峯山

初咲を大先達や逆のみね

佐古家

婆娑と落ち過差とたまりつ唐椿

峠路や額まぶしむ懸り藤

藤房に羽音ひねもすねぶたしよ

大津繪

鷹匠の袖も藤房ねぶたき日

その奥唐天竺につづくてふ吉野に入りてのち
みちのくを訪ねたれば

深吉野の奥やみちのく初櫻

みちのおくに猶花ありと人群る

みちのくの櫻黏しよたれこめて

見上げゐるわれももののけ夕櫻

みちのくの俳酋佐藤鬼房翁に

阿弖流為《アテルイ》か母禮《モレ》か血を噴く朝櫻

角館

まだき來て既にいではの散櫻
角館散りかひくもる空に遇ふ
花流れものの狂ほしの空一ト日

散るなべや花鋤込んで耕せる

閘門を落し今日しも花の堰《キ》

小半里がほど花を浴び夕日浴び

見し花を見せ消ち頻れ夜半の雨

馬上少年過　世平白髪多　残軀天所赦
不樂是如何　伊達政宗

馬上少年過ぐや櫻は葉となんぬ

さまらばれ青葉狩せん所柄

遅き日の吉野懐紙や讀みなづみ

壺碑に去靺鞨國界三千里の文字あり

波枕靺鞨の櫻ありやなし

實方中將墓

藤零れ降りつぎつもる墳カなりし

高見秋子夫人長逝

はつはつに紅さす舎利《さり》を餘花と見ん

紅さして舎利仄かなり餘花よりも

殘んの花香りの餘り永かつし

跋

二〇世紀最後の花を見届けてやらうといふわけで、今年はずいぶん花を見に行つた。上野、千鳥ヶ淵を皮切りに、京都、初瀬、大宇陀、吉野、吉野の後は弘前、角館にも足を伸ばした。

花巡りをしつつ、作りはじめてこのかたの花の句をまとめてみようか、といふ氣になつた。花といへば櫻だが、この場合は櫻以外の花も加へることにして集めてみると、一九五二年から二〇〇〇年まで、ほとんど五十年間の花の句の總集といふことになつた。

つくづく貧しい總集編だが、それでもかうして振り返つてみると、それなりに面白い事實に氣づく。それは少年時代・青春時代に櫻の句が皆無、三十代も終はり近くなつてやつと出たと思つたら葉櫻の句なのに、四十代に入つて櫻そのものになるとしだいに増え、最近はほとんど櫻盡しの感を呈してゐることだ。

集名の「花行」は吉野奥千本に西行庵址を訪ねた折、「吉野山梢の花を見し日より心は身にもそはずなりにき」「佛には櫻の花をたてまつれわが後の世を人とぶらはば」などを思ひ出し、上人にとつては花を見ることも行だつたのだ、とふいに思つたことに由來する。

花を見ることは自然を見ること。自然の本質である空無を見ること。竟には自分自身空無であることを悟り、空無である自然と一致すること。その練習の記録であるこれらの句句が空無であることは言ふまでもない。

平成庚辰五月

高橋睦郎

同じ著者によりて

句集『舊句帖』湯川書房　一九七二
句集『荒童鈔』書肆林檎屋　一九七七
句歌集『稽古飲食』特装版＝善財窟　一九八七
普及版＝不識書院　一九八八
『私自身のための俳句入門』新潮選書　一九九二
句文集『金澤百句・加賀百景』筑摩書房　一九九三
『讀みなおし日本文學史』岩波新書　一九九八
句集『賚』星谷書屋　一九九八
『百人一句』中公新書　一九九九
句集『花行』ふらんす堂　二〇〇〇

発　行　二〇〇〇年九月一〇日　初版発行
著　者　高橋睦郎　©Mutsuo Takahashi
発行人　山岡喜美子
発行所　ふらんす堂
〒182-0002 東京都調布市仙川町一―九―六一―一〇二
TEL（〇三）三三二六―九〇六一　FAX（〇三）三三二六―六九一九
句集　花行　ふらんす堂文庫
ホームページ http://www.ifnet.or.jp/˜fragie　E-mail fragie@apple.ifnet.or.jp
振　替　〇〇一七〇―一―一八四一七三
装　丁　君嶋真理子
印刷所　トーヨー社
製本所　並木製本